Vente des 10 et 11 Ma[i]

OBJETS DE LA CHINE

RAPPORTÉS DIRECTEMENT DE PÉKIN

Exposition publique le Lundi 9 Mai 1864

M⁰ Ch. PILLET, Commissaire-Priseur

MM. MANNHEIM, Experts

PARIS. IMPRIMERIE DE PILLET FILS AINÉ
6, RUE DES GRANDS-AUGUSTINS.

CATALOGUE

D'UNE BELLE COLLECTION

D'OBJETS DE LA CHINE

Rapportés directement de PÉKIN

Vases, Coupes, Cassolettes, Groupes, etc.,
en cristal de roche, en agate orientale, en jade blanc et en jade vert ;
Beaux Plats, Vases, Bols, etc., en ancienne porcelaine de Chine à décors très-fins émaillés ;
Laques rouges de Pékin tels que : Grands Vases par paires, Grandes Boites, Cabinets, etc.;
Jolies Pièces en émail cloisonné ;
Fines Sculptures en bois et en ivoire ; Bronzes incrustés d'argent ;
Beaux Rouleaux finement peints sur soie et sur papier ;
Objets divers

DONT LA VENTE AURA LIEU

HOTEL DROUOT, SALLE N° 4

AU PREMIER

Les Mardi 10 et Mercredi 11 Mai 1864

A DEUX HEURES

Par le ministère de Mᵉ **CHARLES PILLET**, Commissaire-Priseur,
rue de Choiseul, 11

Assisté de MM. **MANNHEIM**, Experts, rue de la Paix, 10,

Chez lesquels se distribue le présent Catalogue.

EXPOSITION PUBLIQUE

LE LUNDI 9 MAI 1864, DE UNE HEURE A CINQ HEURES.

CONDITIONS DE LA VENTE

Elle sera faite au comptant.

Les adjudicataires payeront *cinq pour cent* en sus des enchères, applicables aux frais.

Paris. — Imp. PILLET fils aîné, rue des Grands-Augustins, 5.

DÉSIGNATION
DES OBJETS

Matières précieuses

1 — Cristal de roche. Joli vase forme balustre bien évidé,
à deux anses têtes de dragon prises dans la masse. Il
est orné de deux frises de grecques et de quelques
branchages finement gravés. Socle de même matière
de forme contournée. Haut. totale, 32 cent.

2 — Cristal de roche. Groupe de deux personnages ; le Dieu
de la longévité ayant près de lui un enfant qui tient
le fruit sacré. Socle en bois sculpté. Haut., 10 cent.

3 — Agate orientale. Pitong en forme de rocher à branchages, fleurs et oiseaux en relief. Socle en ivoire teint
en vert. Haut., 8 cent.

4 — Cornaline à deux couches. Charmant petit vase en forme de balustre aplati de nuance blanche, flanqué de deux animaux fantastiques et de rochers de nuance rouge. Le tout finement sculpté et pris dans la masse. Pièce curieuse d'aspect. Socle en bois de fer sculpté. Haut., 12 cent., larg., 16 cent.

5 — Même matière. Vase en forme de fruit de nuance blanche entouré de ses branchages réservés en rouge. Le tout pris dans la masse. Pied en bois sculpté.

6 — Même matière. Pitong en forme de tronc d'arbre, à fruits et branchages en relief réservés en rouge sur une couche blanche. Socle en bois sculpté. Haut., 8 cent.

7 — Agate orientale. Petite coupe entourée de branchages, fleurs et animaux en relief; le tout pris dans la masse et de tons variés.

8 — Jade blanc. Grande et belle coupe de forme ronde et basse reposant sur quatre petits pieds. Elle est ornée à l'extérieur de fleurs, de fruits et de caractères finement gravés, et à l'intérieur de poissons et de fleurs réservés en haut relief. Les anses plates à anneaux mouvants sont ornées de deux papillons finement gravés et repercés à jour. Le tout est pris dans le bloc. Larg., 285 millim.

9 — Jade blanc légèrement teinté de vert clair. Deux charmantes petites coupes très-finement évidées et enri-

chies de fruits et de branchages en relief. Socles et
table-support en bois sculpté à ornements repercés à
jour. Diam., 128 millim.

10 — Jade blanc. Deux autres coupes en forme de fleurs à
ornements finement sculptés à l'extérieur et à l'intérieur. Diam., 15 cent.

11 — Jade blanc. Petit vase forme balustre carré à quatre
anses têtes chimériques et anneaux mouvants. Il repose sur le dos d'un animal chimérique finement
sculpté, et le tout est pris dans le bloc. Pièce curieuse.
Haut., 14 cent.

12 — Jade blanc. Joli vase, forme balustre, carré aplati, enrichi d'ornements et de palmettes finement gravés sur
la panse, et à deux anses à anneaux mouvants pris
dans la masse. Socle en bois de fer. Haut., 19 cent.

13 — Jade blanc. Autre grand et beau vase, forme balustre
aplati, à deux anses têtes d'éléphants et anneaux
ants pris dans le bloc. Sur l'une des faces de la
panse se trouve une longue inscription, sur l'autre,
des branchages finement gravés. Le couvercle est
surmonté d'un bouton gravé à godrons. Socle et contre-socle en bois sculpté, à ornements repercés à jour.
Haut., 30 cent.

14 — Jade blanc. Charmant petit vase forme balustre carré à
angles arrondis et panse gravée à ornements. Il a
deux petites anses droites et trois anneaux de sus-

pension, le tout pris dans la masse. Le couvercle est formé par un dragon finement gravé et repercé à jour. Pièce curieuse par la difficulté et la réussite du travail. Socle et arcade de suspension en bois de fer. Haut. totale, 18 cent.

15 — Jade blanc. Vase en forme de gourde à branchages et fruits sculptés en relief et repercés à jour. Socle en bois de fer. Haut., 235 millim.

16 — Jade blanc. Charmant petit vase en forme de cornet dont la panse est enrichie d'un dragon et d'un oiseau en relief finement sculptés et repercés à jour. Le tout est pris dans la masse. Haut., 20 cent.

17 — Jade gris. Garniture composée de trois pièces : 1° Brûle-parfums de forme carrée, dont les angles sont flanqués de tourelles et à anses, oiseaux chimériques repercés à jour ; cette pièce est enrichie d'ornements et de caractères gravés en relief, et le couvercle a pour bouton un dragon repercé à jour ; 2° boîte à pastilles de forme analogue au brûle-parfums et à ornements gravés, et 3° vase destiné à recevoir les pelles et autres ustensiles, de même matière et de travail analogue. Ces trois pièces ont des socles en bois de fer et sont accompagnées de leur étagère repercée à jour.

18 — Jade blanc. Garniture analogue à celle qui précède. Les pièces sont en forme d'un double losange, et les anses sont formées de rubans.

19 — Jade blanc verdâtre. Grand vase de forme aplatie et à huit pans, à trois frises d'ornements gravées en relief, et à anses têtes d'éléphants et anneaux mouvants pris dans la masse. Le couvercle est surmonté d'un dragon repercé à jour. Socle en bois sculpté. Haut., 33 cent.

20 — Jade gris. Groupe de fruits et de branchages finement sculptés et repercés à jour. L'un d'eux forme vase. Socle en bois sculpté et contre-socle incrusté de filets d'argent. Haut. 22 cent,

21 — Jade blanc. Joli vase de forme aplatie à six pans, enrichi d'une triple frise d'ornements finement gravés en relief. Les anses sont formées d'oiseaux en relief. Socle et table-support en bois sculpté. Haut. 18 cent.

22 — Jade blanc. Groupe de fleurs et feuillages sculptés et repercés à jour. Socle et table-support en bois sculpté.

23 — Jade gris. Groupe de trois chimères finement sculptées et repercées à jour. Socle en bois de fer sculpté.

24 — Jade blanc verdâtre. Deux petites coupes rondes à branchages et fleurs finement gravés en creux. Socles en bois sculpté. Diam. 19 cent.

25 — Jade blanc verdâtre. Petite coupe ronde enrichie de paysages gravés en relief et à deux anses repercées à jour.

26 — Jade gris. Coupe ronde à deux anses formées par des
dragons sculptés et repercés à jour.

27 — Jade gris. Petite coupe ovale à nuages sculptés en relief et à une anse formée par un animal chimérique.

28 — Jade gris. Coupe plate et longue formée par une feuille
de lotus, avec boutons et branchages.

29 — Jade gris. Plateau vide-poche en forme de feuille.

30 — Jade vert. Joli pitong dont le pourtour est orné d'un
paysage enrichi de personnages finement sculptés et
repercés à jour.

31 — Jade vert. Grand et beau vase en forme de cornet, à
panse renflée et à deux anses têtes chimériques et
anneaux mouvants pris dans la masse. Socle en bois
sculpté. Haut. 31 cent.

32 — Jade vert. Grande et belle coupe de forme ronde et à
lobes à quatre pieds bas, enrichie de feuillages finement gravés sur la panse, et à deux anses formées de
groupes de fleurs sculptées et repercées à jour.
Diam. sans les anses, 21 cent.

33 — Jade vert. Cassolette de forme ronde à ornements et
feuilles sculptés en relief. Le bouton du couvercle,
ainsi que les anses, sont formés de boutons de fleurs.
Diam. 14 cent.

34 — Jade vert clair. Porte-pinceaux formé d'un tronc d'arbre, de bambou et d'animaux sculptés en relief et repercés à jour. Belle matière. Haut. 11 cent.

35 — Jade vert. Autre porte-pinceaux formé d'un tronc d'arbre, de branchages et d'animaux fantastiques sculptés en relief et repercés à jour. Socle en bois sculpté.
Haut. 14 cent.

36 — Jade vert. Vase à panse enrichie d'ornements et feuillages sculptés en relief et à large bord plat orné de
fleurs et branchages sculptés et repercés à jour. Socle
en bois sculpté, avec galerie d'émail cloisonné. Haut.
15 cent.

37 — Jade vert. Grande coupe de forme contournée, dont la
panse est entièrement couverte de dragons sculptés
en relief se jouant dans les flots. Long. 28 cent. ;
haut., 12 cent.

38 — Jade vert. Joli écran de forme ronde, dont les deux
faces sont enrichies de paysages, de personnages et
d'animaux finement sculptés en relief. Socle en bois
sculpté, repercé à jour. Diam. 21 cent.

39 — Jade vert. Écran analogue à celui qui précède, mais
plus petit. Diam. 20 cent.

40 — Jade vert. Deux écrans carrés, enrichis d'inscriptions
et d'ornements gravés et dorés. Socles en bois sculpté. Long. 19 cent. ; haut. 125 millim.

41 — Jade vert. Grande coupe ronde, reposant sur quatre
pieds bas et à deux anses formées par des bouquets
de fleurs, finement sculptées et à anneaux mouvants
pris dans la masse. Diam., sans les anses, 28 cent.

42 — Jade vert. Coupe ronde et basse à fleurs et feuillages
gravés en relief sur la panse et à deux anses formées
de dragons repercés à jour. Diam. 165 millim.

43 — Jade vert. Deux coupes rondes et basses, bien évidées,
avec socle étagère en bois sculpté. Diam. 24 cent.

44 — Jade vert. Deux coupes rondes, légèrement évasées, de
travail analogue. Socle en bois sculpté. Diam. 205
millim.

45 — Jade vert. Deux autres coupes rondes analogues à celles
qui précèdent. Diam. 202 millim.

46-48 — Jade vert. Six autres coupes rondes, de même travail, qui seront vendues par paires. Diam. 205 millim.

49 — Jade vert. Coupe ronde de même travail. Diam. 213
millim.

50 — Jade vert. Deux Coupes rondes, analogues à celle qui
précède, mais plus petites. Diam. 16 cent.

51 — Jade vert grisâtre. Deux coupes analogues. Diam. 175
millim.

52 — Jade vert. Petit vase forme balustre avec socle et anses à anneaux mouvants, pris dans la masse. Le couvercle est orné de deux figurines d'enfants. Diam. 155 millim.

53 — Jade vert. eux flambeaux, avec plateaux et vases à . anneaux mouvants.

54 — Lapis lazuli. Très-beau collier composé de 186 boules de la plus belle nuance.

55 — Pierre schisteuse. Ecran de forme carrée à paysage et figures sculptées en relief. Long. 50 cent. Haut. 46 cent.

56 — Coupe en agate avec nuages et chauve-souris sculptés en relief. Cette pièce a été fracturée.

Porcelaines

57 — Très-joli vase de forme ovoïde en ancien céladon bleu turquoise truité. Socle en bois sculpté. Haut 23 cent.

58 — Deux vases forme balustre à couvercles, en ancienne porcelaine de Chine, ornés de fleurs, d'attributs divers et de riches bordures finement émaillés en couleurs. Socles en bois sculpté. Haut. 40 cent.

59 — Deux vases de forme cylindrique, en ancienne porcelaine de Chine, décorés de sujets familiers ; personn-
nages finement peints et émaillés de couleurs. Socles
en bois sculpté. Haut. 45 cent.

60 — Vase de forme analogue, en ancienne porcelaine de
Chine, décorée de fleurs, branchages et oiseaux en
émaux de la famille verte. Haut. 48 cent.

61 — Vase de forme cylindrique et à gorge légèrement évasée
en porcelaine de Chine, décorée de figures fantastiques en brun rehaussé d'or. Haut. 40 cent.

62 — Deux grands vases à gorges évasées, décorés de figures
dans des paysages ; anses têtes chimériques dorées.
Haut. 62 cent.

63 — Bouteille en porcelaine de Chine, décorée de dragons,
d'oiseaux fantastiques et de nuages émaillés en couleurs. Haut. 50 cent.

64 — Vase forme balustre en porcelaine de Chine, décorée
d'oiseaux, d'arbustes et de rochers en rouge de cuivre
et en bleu. Haut. 37 cent.

65 — Deux très-grandes jardinières à huit pans, en ancienne
porcelaine de Chine, décorées de personnages, d'animaux fantastiques et de riches bordures à ornements
de couleurs variées. Haut. 34 cent.; diam. 57 cent.

66 — Joli vase, forme balustre, en porcelaine haricot rouge
craquelée, d'un beau ton. Haut. 42 cent.

67 — Vase de forme analogue et de même qualité, mais sans craquelures. Haut. 40 cent.

68 — Vase de forme cylindrique, décoré de personnages et de cavaliers finement peints et émaillés de belles couleurs. Haut. 43 cent.

69 — Vase de même forme et de même qualité; il est décoré de grandes figures et d'animaux émaillés en couleurs. Haut. 44 cent.

70 — Vase de même forme, décoré de cavaliers paraissant sortir d'un palais à la fenêtre duquel se trouvent deux personnages. Haut. 43 cent.

71 — Vase forme balustre, à décor céladoné, à figures d'enfants et attributs en rouge de cuivre et en bleu. Anses formées par des têtes chimériques en relief. Haut. 32 cent.

72 — Vase en porcelaine fond blanc, décoré de dragons en rouge de cuivre se jouant dans des vagues gaufrées et teintées de bleu. Haut. 45 cent.

73 — Vase à anses découpées à jour, décoré à l'imitation du bronze. Haut. 37 cent.

74 — Vase de forme sphérique aplatie, en ancienne porcelaine de Chine craquelée gris, décorée de chevaux émaillés en bleu. Les anses sont formées par des

tètes d'éléphants réservées en brun. Pièce curieuse. Haut. 17 cent.; diam. 26 cent.

75 — Vase en forme de grenade dont les branches et les feuilles lui tiennent lieu de trépied. Il est couvert d'un émail marbré vert sur fond gris. Haut 24 cent.

76 — Joli bol à huit pans en ancienne porcelaine de Chine craquelée brun, et décoré intérieurement et extérieurement de fleurs en émaux de la famille verte. Qualité rare. Diam. 20 cent.

77 — Autre bol en porcelaine de Chine craquelée gris verdâtre à décor de fleurs, caractères et bordures en émaux de la famille verte. Diam. 205 millim.

78 — Bol en porcelaine de Chine, fond jaune gravé et fleurs émaillées. Diam. 18 cent.

79 — Bol en porcelaine de Chine portant les divers dieux du pays, des caractères et des ornements finement émaillés. Diam. 17 cent.

80 — Cuvette de forme longue à huit pans, décorée de fleurs en émaux de la famille verte. Long. 33 cent.

81 — Deux jolis bols en ancienne porcelaine de Chine, décorés d'oiseaux, de fleurs et de bordures en émaux de la famille verte.

82 — Deux autres bols de même porcelaine, décorés de fleurs et de caractères émaillés en couleurs.

83-92 — Dix jolis bols en ancienne porcelaine de Chine, décorés d'oiseaux, de fleurs, de riches bordures et
d'attributs divers en émaux de la famille verte. Ils
seront vendus séparément.

93 — Deux bols et leurs plateaux décorés de bordures à ornements rouges et rehaussés d'or.

94 — Grand et beau bol en ancienne porcelaine de Chine, décoré de fleurs et oiseaux en émaux de la famille verte.
Socle en bois de fer sculpté.

95 — Deux petits plats en ancienne porcelaine de Chine, décorés de sujets familiers en émaux de la famille
verte.

96 — Deux autres plats en ancienne porcelaine de Chine,
décorés d'arbustes, d'oiseaux et de riches bordures
en émaux de la famille verte.

97-110 — Quatorze grands plats et plateaux en ancienne porcelaine de Chine, décorés de sujets, de personnages,
de cavaliers, de fleurs, d'oiseaux et d'ornements divers en émaux de la famille verte de belle qualité.
Ils seront vendus séparément.

111 — Deux pièces en porcelaine de Chine. Flambeau formé
par un chien couché qui supporte la bobêche, et
petit plateau décoré de poissons et de dragons verts
et rouges.

Emaux cloisonnés

112 — Joli bassin de forme ronde, émaillé intérieurement et extérieurement de fleurs et d'ornements en couleurs sur fond bleu turquoise. Les anses sont formées par deux oiseaux en ronde bosse en émail cloisonné noir et blanc. Pièce rare. Socle en bois de fer sculpté. Diam., 36 cent.

113 — Plateau rond à bord légèrement évasé, émaillé à l'intérieur et à l'extérieur de fleurs et d'ornements en couleurs sur un fond bleu turquoise du plus beau ton. Socle support en bois de fer. Diam., 29 cent.

114 — Charmant petit vase forme balustre, à gorge élancée en émail cloisonné à fleurs en couleurs sur fond bleu turquoise. Socle en bois sculpté. Haut., 19 cent.

115 — Petite jardinière ronde en émail cloisonné à fleurs en couleurs sur fond bleu turquoise ; elle repose sur trois pieds et a deux anses têtes chimériques en bronze doré. Socle en bois sculpté. Diam., 15 cent., haut., 9 cent.

116 — Petite boîte ronde et plate en émail cloisonné à fleurs et oiseaux sur fond bleu turquoise.

117 — Deux petits plats ronds émaillés extérieurement de
fleurs sur fond bleu turquoise. L'intérieur est doré.
Diam., 19 cent.

118-122 — Cinq jardinières de forme longue à angles coupés
en cuivre doré finement gravé à fleurs et ornements.
Elles sont enrichies d'appliques en émail cloisonné
à ornements en couleurs sur fond bleu turquoise.
Long., 27 cent. environ.

123 — Tableau formant écran représentant un paysage enrichi de cigognes, de kiosques, arbustes, etc., en émail
cloisonné appliqué.

Laques rouges de Pékin

124 — Deux grands et magnifiques vases en forme de balus-
tres lobés, sur socles, enrichis dans toutes leurs parties de fleurs, de médaillons, d'ornements et d'attributs divers, très-finement sculptés en relief. Pièces
rares par leur dimension. Haut. 68 cent.

125 — Deux vases en forme de gourdes à fleurs en relief, enrichis de médaillons ronds qui renferment des caractères chinois en émail cloisonné gros bleu, appli-
qués sur un fond de cuivre gravé et doré. Socle en
bois de fer. Haut. 35 cent.

126-127 — Deux grandes et belles boîtes rondes et plates, enrichies de dragons, de vases, de fruits, de fleurs et d'ornements variés très-finement sculptés en relief. Elles seront vendues séparément.

128-132 — Cinq belles boîtes de forme sphérique, légèrement aplaties. Elles sont enrichies de médaillons, de personnages, de dragons à cinq griffes, de fleurs et d'ornements très-finement sculptés en relief. Elles seront vendues séparément.

133-142 — Dix boîtes en forme de fruit, enrichies de personnages, de fleurs et d'ornements finement sculptés en relief. Elles seront vendues séparément.

143 — Jolie boîte à quatre lobes, enrichie de dragons, de fleurs et d'ornements sculptés en relief.

144 — Petit cabinet à deux portes et tiroirs, enrichi sur toutes ses faces de médaillons, de personnages, de fleurs et d'ornements finement sculptés en relief. La poignée est formée d'une grecque en cuivre doré. Haut. 26 cent.; larg. 25 cent.

145-146 — Deux jolis petits meubles cabinets dont toutes les faces sont ornées de médaillons à fleurs en relief et contenant des tiroirs à l'intérieur. Haut. 23 cent.; larg. 33 cent.

147-148 — Deux autres petits cabinets à portes et tiroirs enrichis de dragons et ornements, finement sculptés en relief. Haut. 56 cent. ; larg. 36 cent.

149 — Petite boîte à quatre lobes à fleurs et ornements sculptés en relief.

Bronzes, Dessins et Objets divers

150 — Bronze. Grand et beau vase, forme balustre élancé, à serpent en relief entourant la gorge, et incrusté de filets d'argent. Travail chinois, très-ancien. Haut. 67 cent.

151 — Bronze. Vase en forme de cornet à panse large et à anses à anneaux mouvants; il est couvert d'ornements finement incrustés d'argent. Travail chinois. Haut. 30 cent.

152 — Bronze. Miroir métallique, portant sur une de ses faces un paysage et des volatiles divers en relief

153 — Ivoire. Pitong couvert d'une fine sculpture en haut relief, représentant un paysage enrichi de personnages et d'animaux divers. Haut. 14 cent.

154 — Ivoire. Sculpture en haut relief prise dans un bloc de
forme légèrement cintrée, peu large et élevée. Elle
représente une quantité de personnages montés sur
des animaux fantastiques.

Ce sujet parait tiré de la mythologie chinoise. Au
revers se trouvent une figurine de femme assise
très-finement sculptée en bas relief et sept longues
lignes de caractères gravés. Larg. 57 millim. Haut.
28 cent.

155 — Ambre. Pièce de même forme que celle qui précède.
L'intérieur présente un paysage montagneux, enrichi d'animaux et de volatiles divers, très-finement
sculptés en haut relief. L'extérieur est orné d'un
vase de fleurs et d'arbustes divers, en bas relief.
Certaines parties de cette pièce se détachent en rouge
cornaline sur un fond jaune agate à l'imitation des
camées. Larg. 58 millim. ; Haut. 26 cent.

Ces pièces servent aux Chinois de presse-papier
pour maintenir ouverts les livres qu'ils lisent.

156 — Petite coupe en corne de rhinocéros à fleurs sculptées
en relief.

157-160 — Huit pitongs en bois de fer et en bambou finement
sculpté à paysages et à figures, et repercés à jour,
qui seront vendus par paires ou séparément.

161 — Deux tableaux formant écrans, représentant en relief des paysages traversés par des cours d'eau et enrichis de personnages. Les figures sont en ivoire.

162 — Très-beau rouleau peint sur soie à sujet tiré de la mythologie bouddhique ; composition d'un grand nombrs de personnages. Tavail ancien très-soigné.

163 — Autre très-beau rouleau, de même travail et offrant un sujet analogue, mais plus grand.

164-165 — Deux rouleaux peints sur papier, offrant des sujets tirés de la mythologie bouddhique. Ils seront vendus séparément.

166 — Petite étagère à trois places, en bois sculpté, représentant un nénuphar.

167 — On vendra sous ce numéro les objets omis.